一次花园

伊牙 著

中国文联出版社

图书在版编目（CIP）数据

一次花园 / 伊牙著 . -- 北京：中国文联出版社，2025.8. -- ISBN 978-7-5190-5922-4

Ⅰ . I227

中国国家版本馆 CIP 数据核字第 20259SL940 号

著　　者　伊　牙
责任编辑　胡　笋　李　薇
责任校对　秀点校对
装帧设计　吉　辰

出版发行　中国文联出版社有限公司
社　　址　北京市朝阳区农展馆南里 10 号　　邮编　100125
电　　话　010-85923025（发行部）　010-85923091（总编室）
经　　销　全国新华书店等
印　　刷　北京顶佳世纪印刷有限公司

开　　本　889 毫米 ×1194 毫米　1/32
印　　张　5.625
字　　数　85 千字
版　　次　2025 年 8 月第 1 版第 1 次印刷
定　　价　37.00 元

版权所有·侵权必究
如有印装质量问题，请与本社发行部联系调换

心儿在高原

殷 实

有些奇妙的事情，常常和诗歌有关。

昨天，还是前天？我的友人，西藏诗人贺老憨，发来一个微信链接，是名为"特提斯卷宗"的公众号，内有"新疆诗人小辑"。点开看，有一首题为《一次花园》的诗在眼前晃了一下，作者为"伊牙"，不知道是谁。过了两天，还是三天？多少年都未曾谋面的友人尹俭，突然打电话来，说即将出版一册自己的诗集，想发给我看看，然后就发来了。从手机转到电脑屏幕，一首题为《一次花园》的诗在眼前一晃，仔细看，正是同一首诗。几十年前的小说家尹俭，变身为今天的诗人"伊牙"了。再读这部诗集中的其他作品，说实话，我有点欲罢不能，一气读完，深感这正是我喜欢的一类诗歌，几乎每一首都是。这样的阅读体验，在今天并不多。

这首《一次花园》，标题似乎费解，实则与古希腊哲学家赫拉克利特"人不能两次踏进同一条河流"是一个意思，在无限的时空中，一切美好的事情都只发生一次，精神的花园里亦复如此。这是一首向马合木德·喀什噶里——《突厥语词典》编纂者——表达敬意的诗歌，也可以看作诗人借这位古代西域智者的目光洞穿岁月，露出了诡秘的微笑：蜜蜂穿墙，蚂蚁搬家，商议，交换，祈祷，劳作，拆了东墙，不一定补西墙，花园不仅没有门，而且也不分里外。

我的花园没有门
一朵花开　十朵花开
馥郁芳香的地方就是风流倜傥的通道
有门没门，昆虫、飞禽都会来此拈花惹草

可圣人说，诸事没有光，情爱有羞耻
……

中国的西部一直都很神奇。荒凉，破败，高寒，局部会缺氧，但这里总是诗意盎然，而且千百年来都如此。从唐代边塞诗，到尤素甫·哈斯·哈吉甫的双行体诗歌（《福乐智慧》，完成于1070年），美妙的诗句似乎更像是地域的特殊产物，人类的语言也好像因为不断地流动和混杂才精美奇谲起来。作为一个被西域文化、西域经验浸透了的汉人，伊牙所使用的，显然是带有强烈膻味的汉语。

何谓西域经验？好像除了冰峰戈壁，商队驼铃，奶酪皮革，砖茶馕饼，或者薰衣草、雪莲花和黑松露之类的气息，再就是一大堆乱七八糟的地名：喀什噶尔，塔什库尔干，窝阔台，察布查尔，杜尚别，撒马尔罕，别失八里，察尔苏台，喀喇昆仑，慕士塔格，额尔齐斯，格尔木，德令哈，茫崖……我们究竟用什么语言读出它们来，才算是准确的呢？蒙古语不行，维吾尔语、哈萨克语、柯尔克孜语不行，汉语也不行。不过，这些让历史系学生烧脑子的词语，到了诗人那里，可以被制作成吊坠和珠串，可以挂在刀柄或马辔头上炫耀。而实际上，更深层的西域经验，正如伊牙所提供的，就是混血和杂交，是高处的颓废和宁静，是跪着的羔羊，是群山的獠牙，是没有穹顶的寺庙，是男人眼泪流尽的地方，是女人用针线缝补生活漏洞的草场。西域的经验，就是从僵硬和残缺的口音中辨识出生活的逻辑，听明白生存的智慧，就是从一碗又一碗新煮的奶茶中喝出更香的那一碗，西域的诗人有点像口吃的酒鬼。

所以，伊牙的修辞是这样的：

"我们都已完成抚育星球的任务"
"被一块石头（和田玉）佩戴的意义"
"他（李白）是被月色用过的乡土"
"可你的路很疲倦了"
"雪花和风把星星请来做猛兽的眼睛"
"一个词句就是一个妇女的腰身

喀什情书早已安排好了首页"
"父亲们啊

就啃起这苍天的面包"
……

诸如此类，不胜枚举。伊牙的诗歌，大部分是叙事性的，他很可能把自己的小说浓缩了，或者是把最重要的细节隐匿了，这样，个人的生平、父辈的苦难就不至于那么具体、那么纠结，可以被俯瞰成整片大地上生动的纹路与凸凹的造型。

他写拓荒的父辈，就是放下了武器的戍边军人，也叫农垦职工、兵团战士什么的。这是中国西部土地上的劲草，最坚韧意志力的代表。一边是钢铁旋律，一边是个人创伤，"因此，你是战士，也是铁窗"。这些拓荒者，还有他们被"供给"的地块和妻儿，加上满腔热血，续写了当代西域的一段秘史：

要命的自尊
在一片枪声中
成了子弹般的草莓
骡马
也有了草莓的性格
小哥哥，你走了西口
……
你去瀚海上种庄稼
你的祖先种草莓
你种土豆
水已避居天空，弯曲的天空
收没了微笑和尊严
……
一直到今天到死去
她抱怨组织把她们，这些女战士
像分送草莓一样，

奉献给盐碱地一样的马夫、农夫和将军们
我打小吃草莓有种吃子弹的味道……

他写伊犁，大约是采用了鹰隼的视角：

我相信一匹往生的马诞生了伊犁
血管分出河流
毛发生出草场
马皮造就彩色大地
马骨撑起，伊犁河谷平凡庭院
高高挺直的脖子，是瘦弱果树代表的马鬃
到处是不屈的马鬃，把号角和基因传给过河的守信人

然而，伊犁还有其所谓的人文历史，图层斑驳，线索复杂，说来话长，不一定浪漫，也不一定都是苦难。皮匠和木工，双向流动的难民，鞑靼骑兵与革命故事，还有林则徐的奏折……诗人坚称，只有自己才能闻透伊宁庭院的醇香。

其实我的老家是惠远
可我却沿着一条木匠活路来到伊宁

我听说我家用来签署《伊犁条约》的那张桌子
已经用作牛圈的围栏
签了合约又不走的白俄老乡
租了我家接生庭院，已经百年未缴房费
活着的人不知道，死去的人也从不托梦
燕子和老牛从不为疆界争论，它们有时认真吵架
是为了多看一眼对方莫名其妙的食物

在喀什老城，诗人发现"喀什噶尔已经没有喀什噶里"，喀什噶尔是喀什的旧称，喀什噶里是《突厥语词典》作者的名字，两者一起念的话，好像略有点拗口，但也可能有装饰语音的考虑？谁知道呢。更重要的则是召唤，喜欢清静的智者长眠地下已久，如今的喀什城里还剩下什么虚荣？漫步小巷和集市，诗人所发掘出的哲学是，虽然只需要一滴水就可以将其洗净，但自己仍喜欢这"一粒尘埃静落的地方"，因为这才是生活。在艾提尕尔清真寺，诗人发现礼拜的意义就是去了再来，来了又走，"我来时你还认得我/我走时剃除经文的胡须"。

伊牙的《荒村》虽未能收入本书，但在我看来，完全抵得上哥伦比亚作家加西亚·马尔克斯的长篇小说《百年孤独》，同时，又像是一个卡夫卡也要略逊一筹的荒诞世

界。之所以说可怕，是因为诗中提及的一切，看上去真实得有些离谱，却根本无法证伪。诗中人物，一直都在做交易，用神龛、先祖牌位和年轻女人的肉体，翻手为云，覆手为雨，胡乱倒腾，还可以通过转世消除前辈赊下的孽账，却要设法避开猪狗牛驴和报晓公鸡的眼睛……荒村，就是一个苟且者的乐园，用男盗女娼挫败了仁义礼智信，却又用刻意的遗忘蒸馏出大义凛然的烈性苦酒，以便清洗掉新的罪恶。这个荒村究竟在什么地方，有待发掘考证。

在和田，诗人最大的困扰是，玉石会怀孕，而一个人站在和田街上，可能会遭遇路人习惯性的"安检"——看看你有没有光泽和透明度。在诗人看来，过于喧嚣且过于贪婪的和田，有必要"把作废的荒原重新埋在地下/让它恢复月色的感情"，因为，"羊和一块石头的组合——羊脂玉/让一个人变成善人/比石头变成玉还要漫长"。再就是，所有酷爱和田玉的人，好像都不愿意正视自己其实是被一块石头佩戴这样的事实：

被一块石头佩戴的意义是
比一个石头更虚空
皇帝和平民宁愿，把脖子献给石头
把命门交给手腕和胸前的矿难

在和田，不仅人有被玉石佩戴的风险，就连玉石也有其自身的烦恼：

和田玉已经那样透明
还不信　要证明我像一颗羊脂玉那么
　　懂事　讨巧　透明　温润
还是籽料　没有体味
要佩戴在谁的器官上　你才放心过冬呢？

青海有个偏僻的地方叫德令哈，或许中国的诗人们去了多少都会有那么点尴尬，因为在当地他们看不到什么美景，但会遇到海子，就像是一个拦路虎。猴年马月，海子曾经到过德令哈，留下了一首题为《日记》的小诗，据说诗中的最后一句"今夜我只有美丽的戈壁，空空／姐姐，今夜我不关心人类，我只想你"，多年来已经打动了无数人，心醉神迷的朝拜者因此千里迢迢前往。很不幸，伊牙途经此地，绕不开，住了一晚，说出了一些别人都不愿说的秘密。中国当代汉语诗歌中，有一个新造的神祇，就是海子，他曾经提出过自己尚未付诸实践的"大诗"概念，却是以鲜明的个人主义行径和对尘世幸福的无限渴望，在集体人格普遍的地方得到了出其不意的浪漫回响。岂止诗歌发烧友，从大学中文系的教室，到作家协会高墙之内的研究机构，一直都有人在竞相塑造他的传奇和伟大，想不到商人们也会借此捞油水：

开车走上巴音桥
方向盘不由自主向右去了
我看见百米外有个海子花园酒店
海子安详地住在别墅里，不付费

我省去百米的海子花园酒店，它太贵
又碰见淮南大酒店，也绕行
最终住进了便宜的商务酒店
主人还是安徽人
我有点发蒙，有点愣，海子正是安徽人

德令哈与安徽人有何关系？
海子与德令哈徽商有何关系？
死者、生者都到来此地经营几十年？
　　　　　　　——《德令哈与海子》

是的，你没有看错，从学院派批评家到头脑灵活的徽商，大家合伙把海子雪藏在"不毛之地"德令哈，让他住进了宽敞的别墅，他困窘的灵魂或许已高枕无忧，这就是事情的关键所在。虽然有个新疆诗人不大乐意买账，但他的名声显然还不够大，他的怀疑很可能是无效的，各路淘金者们的事业仍将继续。

因为有早期作为边防连长的生活经历，伊牙对边疆的军营，也有刻骨铭心的记忆，这些记忆同样是西域经验的重要组成部分。正如历史上的商人、僧侣和探险家一样，军人也是丝绸之路上楔入西域最深的"他者"。在千里运输线，在阿克赛钦争议地区的巡逻路上，在生命禁区，伊牙早已将自己的"西藏生死书"（遗书）完成于神山冈仁波齐脚下，但他心中完美的心灵学校，却是"高贵的兵营"。伊牙的生命觉悟是："向国家交代忠诚／向家庭交代后事／向自己交代光荣。"伊牙从哲学意义上检视战壕、枪管和国境线之于和平的意义，在远离军营多年后，思索古典战争与进化了的战争之于母亲眼泪的异同，一气呵成十余首今天早已绝迹的新边塞诗。

伊牙的诸多诗篇，都具有叙事诗的特征，有生动的细节和精妙结构，有对生活况味的丰富体验，是否为小说写作的后遗症，亦未可知，但这不影响其诗歌的独特魅力。对西部山川风物、飞禽走兽，包括人类的炊烟茶碗，伊牙的勾画可谓手到擒来，自然而传神。唯有一点：即便是以反讽或谐谑的调门进入，他也能优雅从容地出来，他从不歪曲和亵渎那里的一切，但也不去恭维。他以拓荒者后人的姿态打量曾经的沉重与艰辛，又以阿凡提式的诙谐自嘲来化解忧伤，他已把他乡认作故乡，在混杂了大量方言土语的汉语中安置了自己灵魂的家园。

2025年1月7日于北京平安里

（作者为诗人，文艺评论家，《解放军文艺》原副主编）

这广漠地带仍然有我们的目光从未触及的宝石

杨 子

1991年8月8日那天,我和向阳,两个供职于新疆文联、已经在新疆生活了很久的人,从乌鲁木齐出发,踏上念叨了太久的阿里之旅。三四天后从叶城乘军车去狮泉河。那会儿新藏公路还是险峻的老路,我坐在驾驶楼右边,车窗外就是万丈深涧,完全看不到路面,吓得我魂飞魄散。坐在我和司机中间那个在阿里开饭馆的四川小伙却不管不顾,像在平地公路上一样,呼呼大睡。

1000公里的路走了6天。在喀喇昆仑的一处兵站,一位面色黧黑的边防营长让我猜他年龄。我说:40多。他不动声色地告诉我:28。

神奇的冈仁波齐峰是在去阿里的路上见到的。还有蓝到近似乌黑令人敬畏的天空。还有迥异于敦煌壁画的古格王国夏宫遗址内的伟大壁画。

到狮泉河后,一位即将退役的边防团长带着我们在阿里神游了半个多月,阿里的几个县都去了。之所以有这样的好运,是因为我在《民族作家》的同事尹俭早年就是阿里军分区的一名军官,这趟了不起的阿里之旅是他和仍在阿里服役的战友牵的线。

1985年初次见到刚从阿里回乌鲁木齐探亲的尹俭,是在民主路32号自治区文联那幢老办公楼里。那会儿他和后来我见到的那位边防营长一样,面色黧黑,浑身透出强烈的高原紫外线的气息。后来我读到他发在《解放军文艺》上跟谁都不太一样的小说。后来我在他家见到他阿里的战友,跟他们一起喝过酒,我甚至学会了用左手划拳。也见到他朴素的父母。他父亲早年是陶峙岳手下的一名军官,后来追随自己的长官起义。他母亲我记得是抽烟的,典型的北方妇女。

可惜尹俭没来得及将他的小说打磨到让更多的读者震惊,就猛地向右,转向更热门的电影,这一转就是30年!我知道他在影视领域收获了足以向单位和家人交差的功名,但不知道这个当年的小说家是否真的获得了内心的慰藉。

　　好像是大前年，已经从新疆退休、定居成都的尹俭，突然改了个怪怪的名字——伊牙（不知有何深意），突然做起了诗歌公众号，发一些朋友的诗，偶尔也发自己的诗。手机上信息太多，所以我没怎么留意。两个月前他发给我一个文件，说刚刚编好自己的一部诗集。

　　《一次花园》是这部诗集的书名。我一口气读完，发现其中颇有我熟悉的曾经在他小说中闪耀光芒的那些手段，可以说是他向着诗歌来一次文体越境的漂亮的奔袭。在我顽固的记忆里，他的小说跟谁都不太一样，他的诗无疑延续了那种异质色彩。

　　读者立刻就可以发现，尹俭这部诗集突显了一个长年沉浸于中国西部广漠世界的作者的肉身经验和奇崛想象，与外来者猎奇并且因猎奇多半总是误解的一两瞥迥然有别——他生长、存活于那个汉、藏、维吾尔文化相互交融、不可言传的神奇的世界，那个将塔克拉玛干、冈底斯和慕士塔格，将乌鲁木齐、喀什噶尔、和田、塔什库尔干、伊宁、阿勒泰、狮泉河、古格王国以及酷似宇宙尽头的冈底斯高原兵站，将多民族的共存和马合木德·喀什噶里的《突厥语词典》衔接在一起的魔幻的世界，身上流淌的固然是汉人的血液，而精神内核的底色无疑是混血的。

他骨子里的野生力量和魔幻种子正是源自这种混合文化的滋养。

在这部诗集中，有时他在一座没有门或者被杜尚别飞来的一只鹰蹬坏了门、昆虫和飞禽前来拈花惹草的魔幻花园里——

月色像清水一样灌进没有围墙的花园
我看见一个清瘦的人 就在那里
他就站在蝴蝶高的门槛，轻轻说：
马合木德·喀什噶里

"他"是在说"我就是马合木德·喀什噶里"？还是带着敬畏之心喊出那位大师的名字？这首诗放在诗集第一首的位置，非常恰当，这是非常尹俭的一首诗。哈哈，现在应该说，是非常伊牙的一首诗！

有时他在各地行走，目光逼视浪漫外衣下被商业长驱直入的和田、阿勒泰和格尔木。有时他在生死轮回的上空飞，打量他在其中爱着、忍受着的人间，也打量另一侧的墓园，而这飞行始终受着地上的生命经验之风筝线的掌控而不至于飞到我们的眼睛看不到、我们的情感与经验无法体会的胡里麻糖（新疆方言，意为乱七八糟）的地方。他也写到刻骨铭心的军旅生涯，其中一首里有关"遗嘱"的细节令人直冒冷汗，而这曾经是他日日面对的现实——从中印边境小冲突的视频中，可以看到那是怎样残酷的生死瞬间的考验——正是尹俭和他的战友们当年驻扎的那片土地！这是那年我们在阿里漫游时绝对体会不到的压在深喉里的悲怆。

他写到父亲，也写到母亲，他的诗是他对我见过的两位老人和他们身后更多边疆老人苦难命运既敞露又深藏的情感的表达。

他去套牲口
一匹温和的骡马
第二十一次被他的连长看中
他带它回来
拴在一棵老榆上

"第二十一次被他的连长看中"也是典型的尹俭风格，只是现在应该称之为伊牙风格了。

小说家尹俭的诗歌有点让我想起小说家胡安·鲁尔福的摄影。鲁尔福镜头中的墨西哥与尹俭置身的西部在地貌和精神气息上有某种神似，区别部分在于墨西哥的高大仙人掌换成了中国西部的胡杨树、芨芨草和高原青稞。鲁尔福的摄影和他的小说是一种互文关系吗？很有可能二者互为倒影，互相看见，心领神会。尹俭的诗歌和他的小说之间的对应，应该也是这样。在我的记忆中，20世纪80年代后期尹俭有关藏地的短篇小说颇有几分鲁尔福的影子，现在想来，这正是当时我狠夸他小说的原因之一。

同时把小说（或戏剧）和诗歌这两件手艺活做到精绝程度的人是罕见的，外国作家里有歌德、哈代、博尔赫斯、布莱希特和卡佛，中国作家中有鲁迅、废名和韩东。尹俭早年闪亮登场后隐身太久，说他的小说和诗歌都已如何了得，有吹牛嫌疑。但是没关系，这反而使得他有机会接连抛出他上乘的小说和独异的诗歌。《一次花园》中的这些诗歌尽管还有细节上的瑕疵，但这不妨碍他用超常的想象从这些瑕疵上碾过去。我相信这些诗会像他早年小说中那件"脱手的冷兵器"一样，在读者眼前寒光一闪。

当代的西部写作已经耕耘了半个多世纪，尹俭的小说和诗歌让我相信，这广漠的地带仍然有我们的目光从未触及的宝石，等待我们睁开内心的眼睛，发现它们。

2025年2月23日于广州
（作者为诗人，诗歌译者，资深媒体人
《南方人物周刊》原副主编）

目录

第一辑 一次花园

一次花园 003

心儿在高原 006

大地上的伤口是我们的风景（组诗） 012
  宁　静　012
  阿勒泰的牙齿　014
  夏天刚到秋天就来了　015
  一次旅行　017
  没有穹顶的寺庙喀纳斯　019
  这片土地　022

伊犁 伊犁（组诗） 024

　　伊犁 伊犁 024

　　伊犁河 026

　　伊宁木匠 028

　　伊犁马 030

　　牧业诗人 032

　　一次问答 034

喀什风情（组诗） 035

　　不 语 035

　　喀什噶尔 一粒尘埃就洗净的城 036

　　伯什克然木 038

　　守墓人 039

　　艾提尕尔 041

　　喀什风情 042

纪念父亲——谨献给拓荒人 044

和田往事（组诗） 053

　　和田 和田 053

　　一条河能记住多少 057

被一块石头佩戴的意义　059

无　玉　061

第六只羊　062

毯　子　063

我家的和田毯子　064

鹰　066

第二辑　物的双眼

物的双眼　075

青海的岸（组诗）　077

青海的岸　077

与神灯一夜　085

青海湖　087

塔尔寺　088

德令哈与海子　090

贵德之行　092

11 街区（组诗） 093

　　从一个地方到另一个地方　093

　　最近的剃刀　095

　　第 11 街区　097

　　楼上楼下　098

　　妈　妈　099

　　十二月的暴风雪是有预谋的　101

　　朋　友　104

致春鸣　106

我的拳能打死一只无辜的昆虫　109

月色是李白面孔　110

成都三章　113

　　问薛涛　113

　　宽窄巷子　114

　　太古里　116

母亲的日子　118

一首诗给妈妈 120

会见大海（组诗） 123
    海　峡 123
    码　头 125
    海　鸥 126
    会见大海 128

我与绿军装（组诗） 136
    我与绿军装 136
    阿里遗书 138
    学生兵 141
    军　校 143
    关于军人 147

后　记 153

第一辑

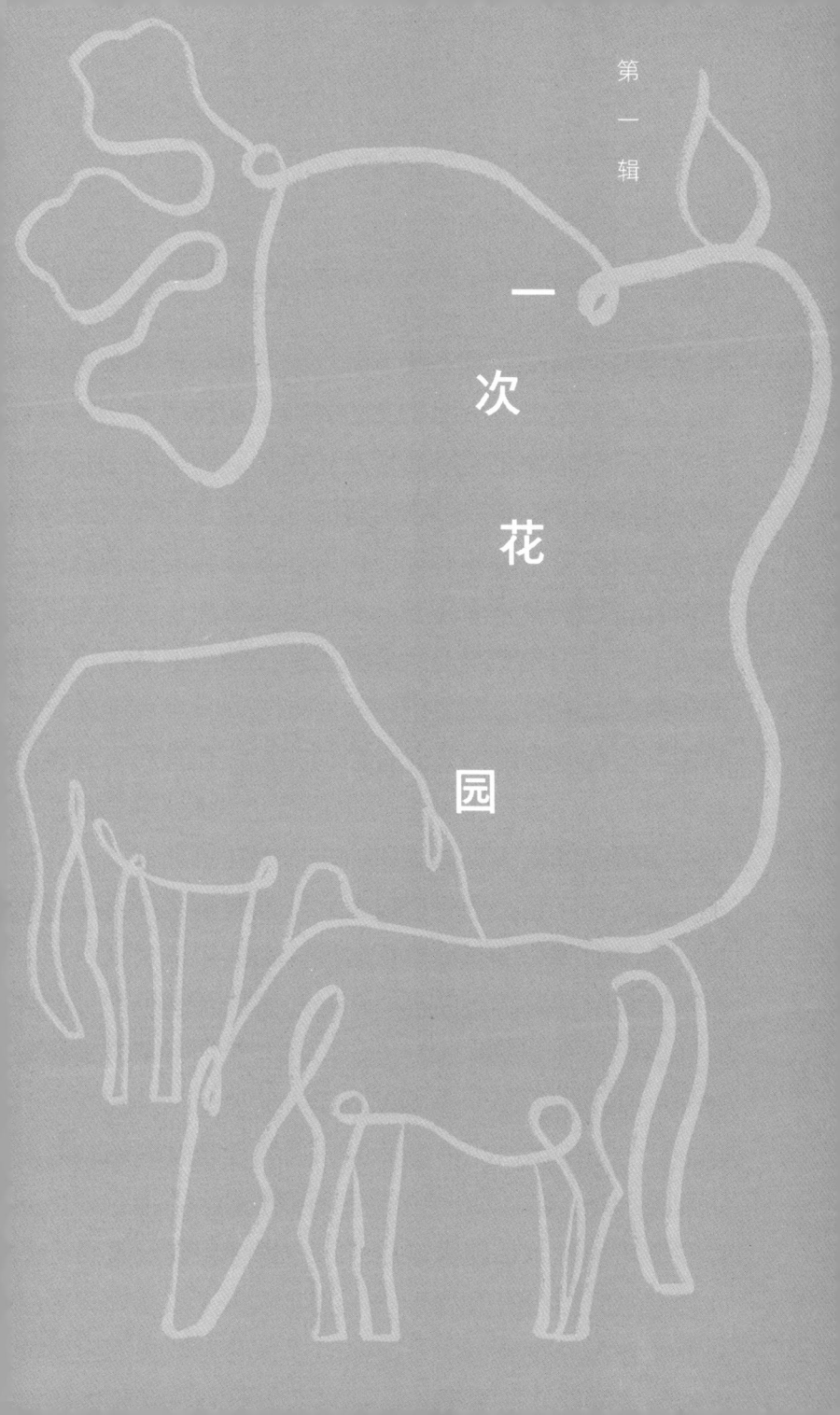

一次花园

一次花园

从杜尚别飞来的一只鹰
蹬坏了我花园的门

那是四月　蜻蜓刚刚学会飞行
蝴蝶还在摇篮中睡到五月出行
五月的鹰将代表那地方飞行的气象
蝴蝶因此吻遍所有的花痴

我的花园没有门
它飞过的地方便是门

再过几天一匹马将要来访
它踢倒过我的南墙　那是土库曼的马
撒马尔罕的刚刚[1]娶亲也要经过此地
摘几只花骨朵

1　回族亲戚。

我的花园没有门
一朵花开　十朵花开
馥郁芳香的地方就是风流倜傥的通道
有门没门昆虫、飞禽都会来此拈花惹草

可圣人说　诸事没有光　情爱有羞耻

阿图什来的一群蚂蚁不同意爬高下底　它们要拆西墙
那是我在纂写《柔巴依大辞典》时　不见了西墙
我写作了一百年
它们大概也经过讨论　用时百年拆了西墙
和北墙
北墙已经动摇了　一只蜜蜂穿墙而过将它撞

我本打算回去结婚娶新娘
我也记不清　是它要娶妻生子　还是我？
从别失八里来的人更直接
他们直接拆了东墙不补西墙

我就在那夜梦见了清水的月色
月色像凉水一样灌进没有围墙的花园

我看见一个清瘦的人　　就在那里
他就站在蝴蝶高的门槛，
　　　轻轻说：马合木德·喀什噶里[1]
……

我的花园没有门
鸟儿飞过
它的背影是门
风吹过它的流声是门
世间往事皆无里外
我叫它"一次花园"

当有什么来访
我知道我坐在上面
他们坐在下面

我坐在明处
他在暗处

2015 年 6 月

---

1 《突厥语词典》编者。

心儿在高原

1

很后悔　那一夜　没有随塔吉克人上到高原深处
他们的牦牛已经过河
蹄声接应星空的分寸感
暗流深处　高挺的乳峰把雪水
流给降生羔羊的草地

在秋季　这高原只有母亲的慈祥
安静的山峦匍匐在白河旁边
一同看星光和牦牛在深山峡谷中
跌落　和升起

多像善于生活的妇女
把不幸当奶水喂给颠簸的生灵　和孕育失败的后代

尽管如此
群山已是跪着的羔羊

2

阳光太高
要借助峭壁　深阅黑暗　让草尖也深怀感恩的心
也会让荒原的光明磊落放牧
过期的畜生

也可能

初生的婴儿在高处
　　已经与他们的星星争论过远离人间

深渊太高
需要情绪善良的人们弯下身子伺候高傲的黑暗
与动物　与山川大地
我才知我的黑暗深渊只会被深渊的草尖照亮

黑是一本经书

在阅读光的时候得知高贵的弱者
　　是生命最宽阔的牧场

3

如果塔什库尔干是一位圣徒
牧人是圣人的面容
牦牛是这圣人的时间

长须常常向天河飘动

夜色斑斓
不可见岁月首尾

许多个夜晚
我想置身这高原
用万家灯火的心情
体验过期的围栏
欣赏这高处的颓废和宁静

孤独时　一棵草　是一座山

4

岁月的山
不过是一堆白骨解释的亲族
在生荒的繁荣灿烂时
布满繁星　还是长满杂草
都在咀嚼这骨头中还给骨头
……

今夜　在这白骨一样的稿纸边缘
踱步荒原

一丝风
让我沉醉不起

长醉不起

5

实际上没有高原
生长的年代　时间并不理会圣贤画出过
高原的盛装
过时的一件童装　就足以攀爬了谎言的绝壁
获得一座天真的高地

我还要手捧着水　把大海带回

相信足音敲响的星空
和大海的分寸是一样的
"最多的就是最少的，反之亦然"
我把这牧人的圣言记下

我仍然把星星当作板凳
邀约天真的词句　阅读冰川和童话

并沿着冰河

寻找冰河切割的温暖岩石

如何看待

一棵草　傲然过苍穹

是我生活中一个普通题目

2012 年 1 月

大地上的伤口是我们的风景（组诗）

宁　静

这场大雪有意安排
炊烟成了迷醉的舞者
木屋烟筒含着雪茄
在小镇搔首弄姿

牛哞声　空旷和一个空酒瓶　建立起广大的雪声
　　寂静寂静的雪原，声音也空了　微微的幸福中
　　我醉了
微弱的此起彼伏的
远近皆是白的
雪也醉了
白桦树替他站着

一只鸟冲出来
他像一封信

宁静　雪压木屋的吱吱声
深邃记忆里的喘息
不止在一个雪国的午后更换收信人地址

那封鸟带来的信

军营里锯木头的声音
北回线上的鸳鸟叫声
成了最单调也最深情的思乡曲

我在这里待了一个上午
把一生的书信好像写空了
千头万绪的大雪
使得我分不清　哪些是来信
哪些是去信

宁静　来自白哈巴

阿勒泰的牙齿

一只经过青河的果蝇
它的牙还完好无损
它进入了岩画
咀嚼了那里的风情
可可托海的钻石和碎肉

石头儿歌被点上昆虫的口红

太美了!
那群山的牙　把审美的人也咬痛
他们把石头凝望成民谣作坊
他们需要一副坚硬牙齿来彼此证明:
　　财富、爱情和空旷是旅游的三大要素
阿勒泰递给了他们这副牙齿　可可托海
不信你可以去嗅嗅牧羊女的身价(她已进城)

那只西伯利亚的果蝇
带走了口红和矿石　再也没回来

夏天刚到秋天就来了

夏天刚到秋天就来了
我喜欢上了一副图瓦人的斧头
在禾木

斧头让白桦木闭嘴
　　　把口中香气献给河对面那位寡妇
寡妇喜欢劈开木头的斧头声

我喜欢上了寡妇

我把她的秋草堆得高高
把男人的足迹通到给棕熊下夹子的地方（坏笑）
把屁股晒得像太阳能板
那样充好电　木屋里尽是冬宰的牛鞭马鞭

我没有那么坏
也没有那么好
斧头伤到的是风的旧恋　白桦树还会长得更壮

一切都准备好了

我发现过冬的牧草少了

我以为是竞争激烈熊也开始吃草

结果发现它也在为它的情侣铺垫

但不知是不是也是一位寡妇

冬眠过去

熊带出了它的三个孩子散步（这真是奇迹！）

我们在雪地上留下了二三脚印

没到夏季

就消失了

一次旅行

我手头攥着三十元钱
踏上去喀纳斯一日游（除了景区门票就这些钱）

我口袋里的零钱
和我一样激动和颠簸
最让我激动的是我盘点了一天的收获

我拾了二三红叶（其实是女人的痕迹）
我以为是昆虫的婚床
我收藏了一块湖边的石头
　　（其实是高跟鞋从高空踢落的石子）
我以为是湖水和湖怪的精石

我还考察了　过油肉拌面一百二十元
　　　碎肉抓饭八十元
大盘鸡　风干肉　烤全羊　胡辣羊蹄
　　薄皮包子　块肉纳仁……
这些风景比看风景还重要

这趟旅行真不错!
回到山下旅馆
我还有三十元钱

我只是阅读了那些菜谱
拍下山川底片　供我翻转美的正片

我知道在人群中
我只是个零钱
那天我消耗了三个馕一壶水
在没有穹顶的寺庙
享受了喀纳斯的富有　并写下一首诗
发到美食圈里

没有穹顶的寺庙喀纳斯

喀纳斯　苍天给的一碗清水
我不想在没有穹顶的寺庙将它饮下
假如带着金钱和怀疑朝觐过眼云烟
如同风挽着树叶　回到别人的陵寝
深埋圣人脚印的土壤　白桦树用它的皱纹解释
为何睁开一只眼　倾叙
祖先的故事　风的肋骨
长调中武士的石头烤全羊

在这碗清水旁边
我要把铁木真的影子种在白桦林中　慢慢道来
好吧　故事就从这里讲起

窝阔台[1]长子从这里西征
陨落战鹰从这里回家
这里曾是英灵转运站
在西方战死回来的勇士

1　成吉思汗第三子。

他们的贵体在这里稍作安息继续东归
身从哪儿来魂兮归去

这里曾是停尸间
清洗过粗暴的骑士
这里曾是灵堂
把将士对土地的野心供奉
这里是女人的野战婚房
只有嫁妆　没有男人

野心并不代表母亲的一切啊！
但泪水这柔软的马刀
把敌人和亲情都斩于马下
……

好吧　故事且讲到这里
这是我从石画中解读的故事
版权归护林人所有

风景会被鹰从梦里收走
只给我留下鹰眼

看清我的天真

最后一滴卑微的眼泪就这样隐入世间

我要说　水是经文山为僧侣

　　　伤口是我们的风景

但喀纳斯

山的指尖捧着的泪

世人看得清　却皆不见……

这片土地

在冬天
这片地方的风会纷纷举手
它们躁动荒原上的草　以卑微的身份争取被看见
它们已经耐不住神秘与寂静

还有黄沙
紧张而快活地制作格言和警句
并且把石头夸大成山峰
为大地制作箴言　坐标欺瞒过往走兽飞禽

干涸的河床　隐瞒地下水的事实
以麦子祈求它的宽容
和干旱讲和

石头　被有心人称兄道弟
变作一个个格言警句的作坊
诚邀荒原将黄沙和杂草升为宦官
在它们发誓要生育儿女情长的人时
风被做了绝育手术

不传播准确真理和季节的实况

雪莲深睡着，贩卖诗的人抢先一步抵达
开始用腐烂的宽叶制作养身广告
那么　谎言就装订成册成为我们绕不开的食谱

这片土地
　　用猫头鹰的唾液百灵鸟的口水生产
常用食盐
这即是一个文人待沽的骨殖和文字的咸淡味儿

用了它的盐
遇见一位诗人
他说他的诗歌可以把八月变短九月拉长
或者把冬天变短春天变长
相信了他的话
我一头扎进风景里

此后大雪纷飞

2018年8月

伊犁　伊犁（组诗）

伊犁　伊犁

我相信一匹往生的马诞生了伊犁
血管分出河流
毛发生出草场
马皮造就彩色大地
马骨撑起　伊犁河谷平凡庭院

高高挺直的脖子　是瘦弱果树代表的马鬃
到处是不屈的马鬃　把号角和基因传给过河的守信人

高地　或者麦田
闪灵的星星是明眸
把灵魂分配给混血的土地
让我一跨上伊犁呀就
激动如马

我听说塔兰奇人把王蒙叫诗人

我没有纠正他们
他们说　只有诗人才有烈马的胆子和河流的勇气
乌鸦学会百灵的变声　为了欺骗
　　燕子不负过往的屋檐懂得归来

听完这些　我策马去追伊犁

大片的薰衣草　在风中集体点头　或摇头
她们的行踪
被马蹄飞起的石子带入星空

伊犁　伊犁

伊犁河

我认为　躁动的伊犁河是长长的拴马栏杆
让男人和女人扶着长日喝酒

夜里　斯大林街传来一两声俄语醉歌
白俄后裔和马儿一起来河里饮水
河　听他们讲革命的故事
伊犁河
一滴水能述尽的事　成了一条酒的河
黑眼睛和蓝眼睛的女人
为伊犁河谷这盆花
倾尽幸福和胭脂

她们的男人
潜伏在霍城的鞑靼骑兵　已是喀赞其卖肉的屠户
白天　把马肉送往玫瑰园
夜里　在马尾甩出的月光下狂欢

我笑了
马肉曾经是他们的骑骏

我哭了
肉卖完　谁又忍住不醉呢

我想念伊犁
是因为我母上是鞑靼人的媳妇
她给我找了个给哈萨克人的马添加夜草的工作

一根拴马桩　拴住了烈马
也拴住了我的心

伊宁木匠

其实我的老家是惠远
可我却沿着一条木匠活路来到伊宁

我听说我家用来签署《伊犁条约》的那张桌子
　　已经用作牛圈的围栏
签了合约又不走的白俄老乡
租了我家接生庭院　已经百年未缴房费
活着的人不知道　死去的人也从不托梦
燕子和老牛从不为疆界争论
　　它们有时认真吵架
　　是为了多看一眼对方莫名其妙的食物

我来了　它们各行其是
站在接生庭院门口　我成了陌生租客
看来我们走后这家人生了许多孩子
她询问我要租多久
我说我要造张桌子
　　阅读纪晓岚的诗书和林则徐的奏折
我想得出结论　我们都是木匠

她惊讶地摇摇头

我又说我要给全城重新刷一遍漆　造一座门
工钱就让马夫从门缝中结算
我要的奢侈就这么多

只有我能闻透伊宁庭院的醇香
有谁知道呢

伊犁马

把多余的体力留给
广阔的草原　用来儿马飞驰吧　我琢磨
这还不够

背对伊犁河　我把天山这一整座马槽子为它打开
今夏让你尽情地撒欢咀嚼自由和牧场

我甚至考虑为你取掉马铁口和马缰绳
但转过一个山口我就后悔
因为你是伊犁马

我打算用察布查尔弓箭　测量你的野心
用野芒点着你的个性
到那时　我再骑着你飞奔

我开始有空　向儿女请教
驯服青马的经验
他们走开

但是否取消马铁口　是我一直犹豫的事

我要把儿女和儿马

顶在头上喂养

可是那一夜　哪个在先　哪个在后

让我辗转反侧

四月　冰雪顺从伊犁河谷

　　　四面八方的怨气流过唇边

伊犁河向西流去

我已设计好从马厩到草原的路

但我仍然要挑选一匹良马

　　　让它选择一个身位的自由　奔向自由

牧业诗人

在一个炊烟和产妇一起弯腰致谢的牧村
我来了　一个诗人

我以为所有弯腰都是面对诗人进村
因而不必客套把自己介绍:"我不会用钐镰打马草,不
　　会挂马掌,不会给马圈接水管,不知道马嚼夜草的
　　声音怎么判断……"
他们说　正好我们需要一位吃闲饭的

我瞪大眼睛把队长看
村中广播已经把我的新身份来宣传
给母山羊写劝奶歌　顺便把村里黑板报办起来

我写了第一首劝奶歌
母山羊半夜住进兽医站
黑板报让我们队的赛马名额减少了三个
　　（村子里一共三个骑手）
没人告诉我这一切

他们说我的赞美诗写得真好
　　赞美诗与劝奶歌是一首诗

那拉提的日头按时下山
"我的包着红头巾的小白杨"让我痴迷
我正在读一部醉人的小说
全村人都知道这是个负心汉的故事
而我以为只有我一人知道世间情爱无章法

我离开那拉提去了特克斯
身后的小村也留下我的名声
——伟大诗人真是孤独

我以为我的诗名早已传到伊犁河北岸
可还没有村里炊烟走得远
因为一个昭苏的马贩子告诉我
那个村子的人都知道"我的包着红头巾的小白杨"
　　是大作家艾特玛托夫的小作品
她们前年才从伊塞克湖探亲回来

不告诉我
是怕诗人更孤独

一次问答

翻过一座山
我遇见一个骑手
骑手很矮小　但声音很洪亮
他问我　一万年前的马儿在这儿奔跑
　　一万年后还奔跑吗

这个问题很宏大
显然我们不在一条时间线上

我对他说
我只考虑后年的事
我们的邻居都这样　我们来自超市出口
我对他说

2009 年 7 月

喀什风情（组诗）

不 语

我用一小步走过喀什
但却用了一百年才来到它的后院
马合木德·喀什噶里的墓园就在那里
词典和墓地就一个书的距离

他的仆人已经成熟
站在路口为我指路
他说老城就是喀什噶尔
而喀什噶尔已经没有喀什噶里

他活着的时候喜欢清净
百年的灰尘已将虚荣打扫干净
一个词句就是一个妇女的腰身
喀什情书早已安排好了首页

那么　喀什城里还盛什么虚荣？

喀什噶尔　一粒尘埃就洗净的城

喀什噶尔　一粒尘埃就洗净的城
我的泪水却把小巷灰土全部掀起
无花果和夹竹桃把庭院时光轻轻拨动
这样两根时针　让我的思念无处在喀什安顿

如果我特别思念喀什噶尔　这根时针将要折断
圣人说　心情折磨不起
无论爱　还是其他……

喀什噶尔　即使一滴清水就将你洗净
我仍然喜欢在晨光和尘埃中　关注
飞奔的儿童
和妇女的眼神

如同　清水和尘土归于日光的魂

我在清晨
骑着我的坐骑
从最干净的地方出发　朝尘土飞扬的巴扎赶去

我喜欢一粒尘埃静落的地方

如此生活　还有什么不足

伯什克然木

如果喀什醉了
一定是伯什克然木的瓜果熟了

如果喀什睡了
那是没有睡意的燕子把身影留在了皮匠家的
台阶下
等待　黎明的鸟粪在路上　寻找
无人问津的靴子

其实月亮很累
但看上去还是睡了
……

守墓人

我来喀什的时候
喀什乡村的早晨
是由一头驴的叫声开始的
接着百千头叫起来

乡村的早晨开始了

通往玉米地
通往棉花地
通往集市

一只燕子陪着一辆孤独的驴车
通往墓园

下土经早已在戈壁销声匿迹
他为何不哭丧?

他是职业守墓人
代表乡亲　照看祖先的灵

也被照看

只是　在黄昏时

月光和日光交替出现

没有人对天空承诺

墓园如此无处的穹顶……

我来的时候一只鸽子在看我

上弦月它用一只眼看我

下弦月它又用另一只眼打量我

月牙之上　素面的人儿都用阴郁养神

我恍然感悟

墓园的天梯　到了尽头

我是来教他们如何提高棉花产量的

我走时　他们的温暖披在我身上

馕饼和茶水

是他们的生活态度

一直如此

艾提尕尔[1]

我在那里为恩情跳过舞
我在那里迎娶过我的新娘
我在那里老去
我把目光刻在你的门上

我来时你还认得我
我走时剃除经文的胡须

你也可以转过头去
先打量我的德形
再打开或关上通往喀喇汗的小门

1　中亚最大清真寺,坐落于喀什。

喀什风情

喀什的风情　沙尘暴

每回都要把喀什从田野抹去

我不明白

为何风暴过后　它还是个能吃的美人！

或许

苦难和幸福本就是一个馕

吃下不饿　不吃挨饿

没有食物的城

没有太阳和月亮

城邦已死　喀什还在

青烟不去描眉楼兰、小河

却把喀什挽留

就算残暴抖落了风情

也还让金子散落于俗人和圣徒之间

那些沙尘

它总是　让爱不用誓言

2015 年 7 月

纪念父亲——谨献给拓荒人

1

穿过察尔苏台
回头看见一匹马和一头骡子
它们走在月光的石灰墙下
带着铁犁和种子
到田野上寻找我父亲

在岁月的那边
同样的一座农舍
一棵弯曲的无花果树下
我的父亲　披戴草莓和苜蓿
长眠马厩旁

2

他的桩子上
没有镶金的马绑
他去套牲口
一匹温和的骡马
第二十一次被他的连长看中
他带它回来
拴在一棵老榆上

父亲们啊
就啃起这苍天的面包

种地人
他本来自北方　来自饥饿的土地
要么你扛枪　要么你饿死
要么你绝户讨不起婆娘

要命的自尊
在一片枪声中
成了子弹般的草莓

骡马
也有了草莓的性格
小哥哥　你走了西口

3

你去瀚海上种庄稼
你的祖先种草莓
你种土豆
水已避居天空　弯曲的天空
收没了微笑和尊严

你们却在笑　仰天大笑

这冰与火裹在了山脉的胸前
不释前嫌

4

这一对天使　这一对仇敌
在冰山上会面　在岩石下上吊
雪莲
是你们的悼词

一棵无花果树下
野马在那儿徘徊
平凡的人在劳作
一位皮匠对你说
你还没有一头牲畜

他割下一块皮革
割下古城的丝绸给你
他说　你去做老城的裁缝　可以讨上老婆
你的连长对你说　你是战士
在地窝子里和荒原上谈情说爱
你都可以号叫

此后四十年

你在察尔苏台有了土地

此后四十年

石头和你说话

你的孩子们听不懂你的北方方言

……还是听不懂

他们吃完了地里的土豆

冬天随之而来

你的老婆抱着你的棉袄接受你的草莓

一直到今天到死去

她抱怨组织把她们　这些女战士

像分送草莓一样

　　　奉献给盐碱地一样的马夫、农夫和将军们

我打小吃草莓有种吃子弹的味道……

5

父亲
你是在土路上走着死的
他们还要你
可你的路很疲倦了
你活着的时候是个地道的农民
既养骡马又种麦子
还看犯人

因此　你是战士
也是铁窗

我方才明白　我是你的"犯人"
您的理想和教条
哪一样都是我怀念的铁犁

你是在大路上走着死的　父亲
天色渐渐暗淡下来
黄昏来了一位赶着驴车的少年大声问
"马克思在哪儿？！"

6

太阳啊　你照耀着我们
照耀着七月底和八月初
一粒含金的种子回到天国牧场

在这里　我倾听父亲的声音
我爬到更高的山上
想看到远方

山是红色手掌

这热的手让我触及你的灵魂
带我走进大地的心脏
在秋天的土豆里会见你

7

正是卖土豆和香果的时间
我拥有了不戴铁口的马和骡子
我去了　父亲
在田野里继续寻找你

你不给牲口戴铁口
我也不会拴着你

1989 年 7 月

和田往事（组诗）

和田　和田

1

当一滴昆仑山水　被荒原放开
　　而激动地奔走相告时
和田河诞生了

当于阗不再是一城阿拉伯月光的弃儿
玉石已经怀孕

和田诞生了

2

当弯刀放下　在村落间蜿蜒成小河　和水源地
达玛沟的佛窟　向桑树解放庭院智慧
神龛成为烤着太阳的馕坑

和田人诞生了

3

当沙尘暴为它的荒原歌唱　嗓子都唱哑了

和田话诞生了

石头铺天盖地到来
河流没有来得及分溢出美玉
　　石头成了疯狂的石头城
和田人的命运诞生了

看吧　和田玉　这地上固执的水
　　和田人的手指
一半是石　一半是玉
这不明朗的事件
在世界面前成为　透明的命运

光荣吗？
和田玉　和田人

4

来吧　贪婪的世界
用不了多久
和田就要把作废的荒原　重新埋在地下
让它恢复月色的感情　石头的前半生　昆仑山

一条河能记住多少

许多年前　一位朋友写下一篇小说
"和田河"

许多年后　那些文字零星地流放在和田河
石头上的羊粪　大地下的黑油
都有这文字的腥味

那时　她和同事在和田河寻找石油

天上
没有石头　只有彩色戈壁
地上
没有沙砾　只有海市蜃楼
和田河这样被她神乎其神

一只笔　粉饰了一条河

当她变作星星
我略微明白　那些地下的石头和沙子

是她的读者和星星

我也是

当美文下落

一行石头重重砸在她的荒原上

她的灵魂竖起立井　一直通到天上　这个碑无人问津

我抬头可见

被一块石头佩戴的意义

被一块石头佩戴的意义是
如同一只羊有了显著被人宰杀或宰人的资质
羊和一块石头的组合　羊脂玉
让一个人变成善人
比石头变成玉还要漫长

因为　他们总是先拿出石头
　　　后拿出玉（或根本是顽石）
人们迫不及待地废除了修炼品行的时段

被一块石头佩戴的意义是
比一个石头更虚空
皇帝和平民宁愿　把脖子献给石头
把命门交给手腕　和胸前的矿难

石头舔舐灵魂　这样造就一块玉
也许　这就是他们的愿望
却无知　已经被石头佩戴成另一块疯狂的石头

佩戴一块石头的意义是
和田已经很透明
天空是白的　石头是白的
你也是白的

来吧　让我看看你的光泽和透明度
站在和田街上　经常有人这样问我

无 玉

朋友
和田玉已经那样透明
还不信　要证明我像一颗羊脂玉那么
　　懂事　讨巧　透明　温润
还是籽料　没有体味

要佩戴在谁的器官上　你才放心过冬呢？

玉龙喀什河已经是一条披着玉色的
长长的刀河

你们　要小心了

第六只羊

我的朋友吾哺尔
已经有五只羊
他把第六只羊画在了墙上

从此　这只羊自由了

它不再按时出行　不再按时归来
它的牧场是墙
它还节约　总是在深夜　把天光扯下来
当作牧草　喂给这般　主人赐予的自由
天光何来？
对此　他们都很谨慎

第六只羊　必须在墙上
才能安慰我朋友吾哺尔的心

毯 子

对于和田人而言
和田就是一张毯子
横着竖着　都能把石榴花栽种在一团温暖的
　　波斯毛线上

让偶然的低贱　有个可以围坐的高处

我家的和田毯子

我常常向穷人炫耀
我家有一张和田地毯

我的姥姥出嫁　是她的陪嫁
我的妈妈出嫁　又成了她的嫁妆

和田的人　家家有一张石榴花地毯
它就是一张　铺在地下的石榴树

如此干巴的卑微
如祖母的手指　把庭院虚荣摸得　清清楚楚

我敢于用这个地毯　这棵树向穷人表达富裕
是因为　这么低的座位　穷人富贾皆有可能坐得下
即使挂在墙上
目光也平视太阳和月亮

不会因为光线的奖赏　而自以为是

我比大多数穷人富裕

一个小时!

2017年6月

鹰

1

我们都来自部落

把高处的陷阱　献给受害者

我看见你判断猎物行踪时

也在判断我的天空　有没有你的身影

在开阔地带　鹰决定分噬方式

就像远古部落

分享女人和骨头

月亮和星星

2

撕开伪装的光芒
你再次俯冲下来
把电闪雷鸣的忧伤　交给一只兔子
它　狂奔起来

我们曾经饮噬同样的弱者
并记住自己智慧的手法
只不过　我把更强的动物赶进山里
你把它们变成了盐

岩羊和雪豹

流动的雪线
圈养了你
高贵的虚荣心

3

我用十个小时来到山脚
你用十分钟降落山顶
我们用数万年的行为　练习猎狩
接下来的一分钟　你拥有了喀喇昆仑

而我　还打算再用十个小时
登上慕士塔格

谁是部落首领？

或者　我的一生
只能换来你一分钟的高傲

但当我们分食我的盐
卑鄙　下流　乞求　谎言
善良　宽容　坚韧　逆来顺受　传授与你
这致命品质
正影响你的骨架　罩住你的视力

这正是我的狩猎方式

引你起飞的石头

正是我故意埋伏的风景

你在天空中持久盘旋的荒蛮群山

不过是我看见的一种风景

雪花和风把星星请来做猛兽的眼睛

而那个高度

只能欺骗狐狸和兔子

4

在分噬弱者的夜晚
狼兽的一生都是黑夜的眼眶
没有欺诈　就没有生存
在残酷的扑杀后
我们看到大地上发生诡异的一幕
雪莲把石头装扮成金辰的穆萨

今夜你可以降落
请你相信我

我们部落的虚荣　不仅仅有兔子和狐狸
还要有邪恶　和唯一的神

一只翻越昆仑山的蚂蚁

这是我看不到的疆山
你却能看到这位圣徒
……

你也是圣徒

在八月末　你的后代将给大地表演死亡飞行
有三只雏鹰　将从万丈悬崖上跌落
或者全部死亡　或者学会飞行

你那钻石般的眼
　　看着死去的孩子成为山脚腐尸被打扫干净
活下来的成为你……

5

十二月　你的骨架正安心被邻居分享
那又怎样？你的血已经埋伏在它们的基因旁
这是你的真主

正派和卑微就在这山中轮回

1999 年 9 月

第二辑

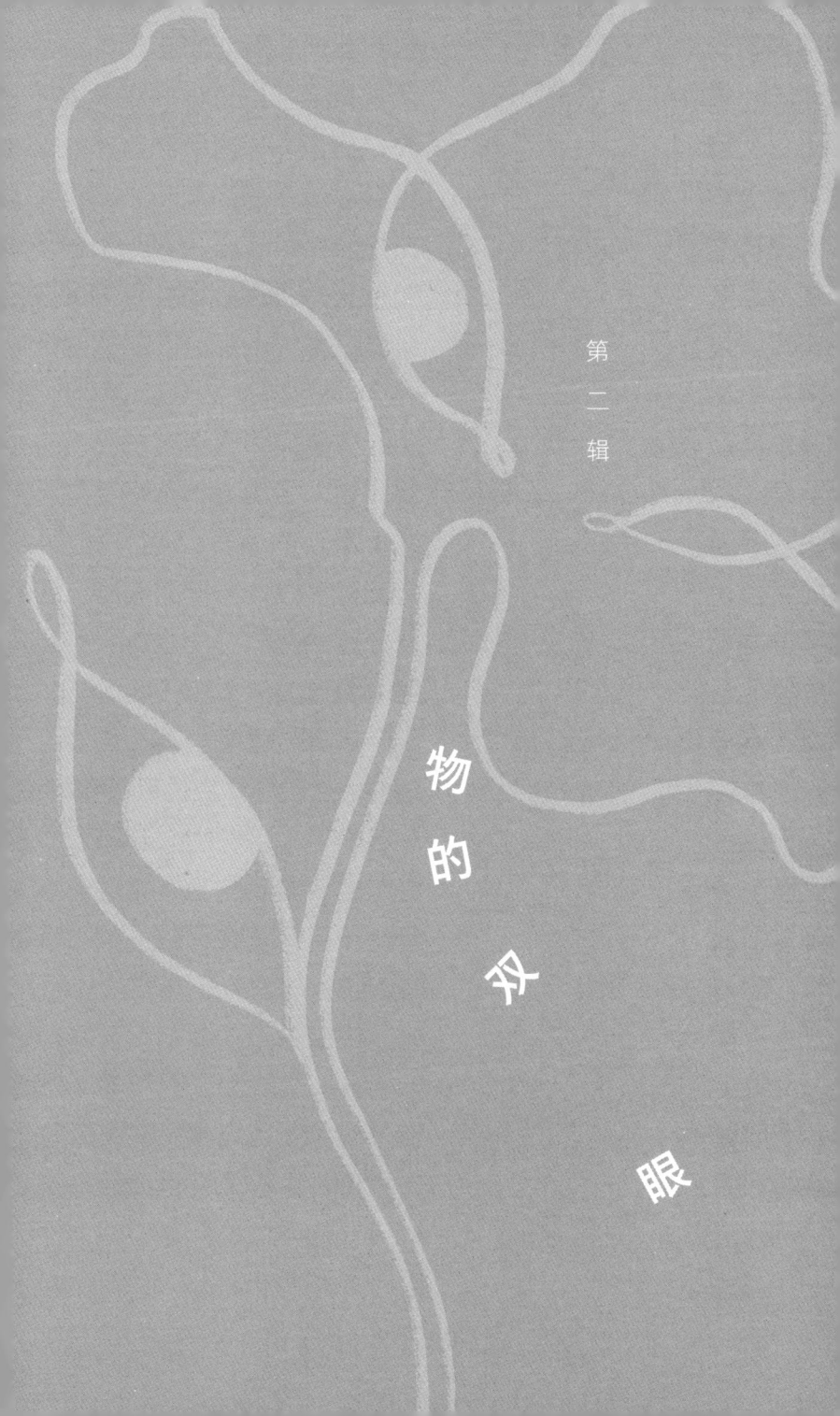

物的双眼

物的双眼

我许多往事

变成退潮后的鱼

仍独自穿行不思暗流

鳞甲岁月布满月光忧郁

我的岸

无人登临

我看见人们淋着鱼水

从海洋　或者湖泊归来

这是他们的感情

夹带着归途的气味

而我想看见一头驴

在沙漠中嚎叫

把海床的化石唱出歌词

我会站在熔岩的岸边

等待着火的消息

1993 年 4 月

青海的岸（组诗）

青海的岸

1

走上青海　平缓的雪山像驮着盐，
　　貌似不高　但　劲风已跌入万丈深渊
　　岩石雪把大地涂抹了万遍
分不清是河流　还是工业盐
还是白骨的粉齑
脚上沾满盆地的味道

人们用白色耸立的景区
并非洁白无瑕　红色的肉体
已与山脉建立了联系　形成高处的坟场
与大河有了深渊

青海的岸很高啊
高高在上

2

多么热情的寂寞

青海

我与通天河在三江源的地方握别

背朝大河　　向西

雪就开了　　滚滚大水　　向东

我向西

更古老的荒蛮

每一座山峰　　沸腾得都像铜茶炊

每一出清流　　都有一个白度母[1]解鞍洗尘

她们涂抹雪山脂粉

牙齿很白　　很隐忍

像　　旅人的酥油茶

---

[1] 增寿救度佛母，是观世音菩萨的化身。

3

寂静地走过了王洛宾、昌耀、万玛才旦……
热闹地怀念岭·格萨尔王[1]

有盐的地方　云霄不见
天空在大地躺多久了
云就留下来作盐
蔚蓝是月亮孕育的人间清高
这高处的低矮　营造出往生的小道
身边草没有露珠
怎么看　青稞酒干光了来世小路……

---

[1] 英雄史诗《格萨尔王传》的主人公。

4

我理解了他们
了解了他们诗歌的比兴、族人的镜像
 是在"缺氧"的情况下完成
连天结地
神趣授予

5

这昌耀的天梯
看清了山河方圆规矩

也看清这盆地是一张大的碗
装得下屈辱　和荣耀
装不下生活必需品——尊严和人
过往的屈辱已结晶
这巨碗里的灵与肉　活下去的盐
你们来了
熬出白骨献给盆地，没有放松
把这碗盐高高举过头顶一生　没有放纵

这段路的爱很干燥

6

我知道
怪不得　有那么多旅人
来了又来
因为爱与灵魂已建立起无恨的碑铭
只是旅人不知
你们爱的盐
是青海的岸　亡灵的骨头

7

玉树　格尔木　德令哈　大小柴旦　茫崖
一路都有陵园的精神

你去看　青海
这人与大地的合葬处
多么完美
这么残缺

8

现在　喝一碗酥油茶　停下来
等待哈达　变成盐湖

与神灯一夜

天葬便宜些
火葬贵一些
他说　高兴的时候
山是一堆石头
忧郁时　山是神山

看见灯　神不在
看不见　灯在

歇武镇
　　我与一个九岁出家的年轻喇嘛畅聊虚无

他说　其实人的灵魂很轻
无须金钱运送
但给亡灵诵经超度　生者还是要付钱
"我们靠这个生活"
他微笑着说

我则问他　寺庙后面那道小门是否有生活区

生活区的后边有没有厕所?
他笑了
你是对的
他说

我们所得快乐只有酥油灯那么大块地方
所得烦恼是我们的身体
因此要点灯看守
在人间的厕所点上一盏灯
照亮人唯一的天真　屁股
也有神意

"有多大的屁股，穿多大的裤衩"
他看清了我　了解了我
赠我箴言

庙外的"神"极少谦卑的衣衫
一生的快乐　如同上了一趟厕所并且有哲学

谦卑是上师
他说

青海湖

青海湖　是湖还是海？
这个问题困扰了我
当我老了　来到湖边
湖水还是那样随意涌动

我已经分辨不出鳇鱼产卵的日子是什么时辰
唯一记得
它离大海那样遥远还保持着海的风度
在正午　把鱼鸥喂养

献出一滴水
把孤独者的愿望当作大海看待

塔尔寺

我写下三句废话　在塔尔寺
都用上了:
塔尔寺是香萨阿切建立。
香萨阿切是宗喀巴的母亲。
宗喀巴大师创立佛系格鲁派黄教。

现在
在收获青稞和熬制酥油茶后
她像一个收获农事的大院
闭关修行的红巷子里常有油盐酱柴的味道
修行的修行　送饭的送饭

我在莲花谷
没有磕长头
没有点酥油灯
没有祈愿　也没有所求
不知为何
那些塔林像一颗颗白菜　它们昭示
在有爱的时候　白菜和莲花是一回事

在后院　我看到香萨阿切正在为活佛烹饪
　　正午的食材
这个活佛已不是那个宗喀巴
这个香萨阿切已不是那个母亲
这些食材也不是那时的圣餐

"而你还是那时的你"
一位农妇走过来告诉我
她刚给僧侣送去了酥油和白菜

在她眼里　我与酥油、白菜、塔尔寺一样白

我向上师借了一垄僧侣们栽种的菠菜
精心把它吃下
心里就盛开了一朵莲花
我知道那是菠菜
但心里很快乐

德令哈与海子

开车走上巴音桥
方向盘不由自主向右去了
我看见百米外有个海子花园酒店
海子安详地住在别墅里　不付费

我省去百米的海子花园酒店　它太贵
又碰见淮南大酒店　也绕行
最终住进了便宜的商务酒店
主人还是安徽人
我有点发蒙　有点愣　海子正是安徽人

德令哈与安徽人有何关系？
海子与德令哈徽商有何关系？
死者、生者都到来此地经营几十年？

难道是几十年前海子去西方把他们带到了这里？
还是徽商人把海子藏在了
"不毛之地"秘而不宣？
……

在德令哈　我看清了事物的关键
　　并且有了答案

在巴音河[1]边　海子把乡亲们安顿在百米之内的
　　诗行里过日子
他也有了别墅和女人
我不会去说

1　德令哈市城中河。

贵德之行

在贵德遇见贵人
遇见"天下黄河贵德清"
遇见黄河的骨头　玉皇阁
正努力地把天下清流送回大海

在贵德
有德之人　只用一捧土
就试出这族长的大河是清是"浊"
吾族黄河万里长
"人贵有自知之明，天贵有无量之明"

吾族黄河万里长　清则自清　浊则自浑
站在贵德　不由自主地跪下来
求天道……

2023 年 6 月

11 街区（组诗）

从一个地方到另一个地方

从一个地方到另一个地方
就像从一个理发馆到另一个理发馆
那张皮沙发已经磨得发白
像一只老狗的眼
看着毛发被自己的脚踩踏着改头换面
生来的旅途
就是把早晨的发际丢在黄昏的珐琅
其他由风握别

尽管　每一次都跃跃欲试
但走路的姿势
仍像一只一年四季不换装的
老狗

从一个地方到另一个地方

像拎着空酒瓶回家的男孩

在夜色中

每一幢琼楼　都像一个提前喝醉的情人

城市永远这么情切

只认识年青的器官

和年老的金币

从一个地方到另一个地方

就像从一个星球到另一个星球

一个街区到另一个街区

它们相距地如此遥远

它们相聚得如此无耻

在年青的时候就闻到了年老的味道

在一个街区活着

在另一个街区死去

他们活得像圣人

他们只在理发馆这么大块地方

改头换面

最近的剃刀

前年来这里碰见一家理发馆
　　　后来隔壁又新增一家
今年在街区走过发现又多了四家理发馆
这摇摇欲坠的建筑下有了六家理发馆
好像穷人的五脏六腑
　　　都翻修成了这社区唯一的娱乐场所

老旧的砖墙看上去也郁闷
"为什么这么破烂的地方
人们热衷理发？"
似乎这老墙给出了答案

"马瘦毛长，人穷志短"

现在　穷人的毛发与马毛一样愈长了
我突发奇想
开一家免费理发馆为人民服务
但一想到　一天清晨
六家理发馆关门

免费理发馆门口只剩一拢被剃了头的身子
遂放弃善举

后来我得知
他们只在理发时
改良一下恶劣的心情

他们有最近的剃刀

第 11 街区

他来到陌生城市寻找恋人
只认识这家发廊
曾经把他们的头发拢到过一起
窗子外的寒光
像散落的葡萄

他认真盯着每一种香味
看到的爱是一盏没有电的灯泡
就在 11 街区照耀着两根互不相识的头发
他们曾经相爱
就如天河里的故事多了一个傻小子的眼神

拎着饭盒从街角走过的夜工
他现在的浪漫是
饭盒里的饭菜是否热着

楼上楼下

楼上的夫妇在吵架
楼下的狗也在叫
后来母狗把公狗带走了
他们还在吵
饭上来了　停顿了一会儿
他们又吵

那条狗又回来了
孩子开始哭泣
它试图帮助那无助的男孩

只是为了多花了一块钱去看星星
父母像两条公狗纠缠在一起
他们说　那星星虽然有五个角
但不是五角钱

妈 妈

我曾经拦住一位环卫工人
与她合影
她像极了妈妈
我只是没有告诉她合照的原因

年轻时　妈妈
也在这条街上扫街
我叼着雪茄
坐在街边
扮作外地客
看扫街深处的"妈妈"

我只是用雪茄这么长光亮
照亮过一段生活
如我所坐发廊椅这么大块地方
我学会吸烟的眼神
有点像真富豪了

我爸爸真心这么夸我

在 11 街区
我开着奔驰车追逐屠户的女儿
与驻唱歌手谈情说爱

因为　在 11 街区
"花花公子"
是我们集体的梦……

十二月的暴风雪是有预谋的

十二月的暴风雪是有预谋的
那个买彩票的醉鬼死在了垃圾桶旁
他以为老天终于开眼
在天空生产白银

那个女孩
把冰面当成镜子
摔进了 ICU

在白色的星星鼓动下
一对母幼终于点燃了雄心壮志
她们等到黄昏买了一块打折蛋糕
对着橱窗许愿
再许愿　再许愿
薄薄的奶油
像一弯上弦月
吹口气就断了
她们热情地唱道：
祝你生日快乐！早日找到工作！

那个暗中得意的皮匠裁缝

知道冻死了那么多牲口

人们即将登门造访死鬼的身价和亡灵的尺寸

十二月的暴风雪皮衣

扼住了铲雪的人们

车夫　营业员　外卖小哥　环卫工

同志们

人们都成了修理工

修理他们麻木的眼神

和受损的"前腿"

因为大雪人们要爬着前行

十二月的暴风雪真是太好了

股民可以安静地过冬

他们不用早起晚睡了

起得再早也没有那条黄狗起得早

它就一夜未睡地巡视自己的领地

它认定人是借住在这片王土之上

尤其是这些经常忽视狗生的股民

终于得知

财富　是一坨可以移动的狗屎

十二月的暴风雪是有预谋的
雪花不多不少献给街上过于富和过于穷的人
大雪把他们的身份
和死亡原因
暴露无遗

朋　友

就在十二月的暴风雪后
我在街角的电话亭看见一个哭泣的男人
他边打电话边哭诉
已经四个月付不起按揭款了
身上连一千块钱也拿不出

谁相信呢？
我从侧面端详这个面貌清秀
西装革履的男人
谁相信呢？

我转身离开街角
一只猫伸着前爪向我求援
我屋里还有一听罐头
可以帮到它一个星期
五天后　我考虑的不是它流浪
是我流浪

我要西装革履地浪迹天涯

一想到

  这个星球上的人和神都在星空流浪

顿时舒服许多

我问喵星的意思？

他说这是伟大的星沙之旅

就不再与11街的猪沟通起因

11街区

是两根头发

终究要在夜色中飘走

        2024年1月

致春鸣

淡淡的目光

会收回乡愁……

尽管

隔山鸟鸣　挤破了露水

客舍尽是水容

我回身看

春天

仍像一个回收旧衣的院落

在已染上病毒青春的绿色中

生命掩映着藤条的冲动

并且

山麓散布的春汛一向是这样

一遍遍修复着经年的假牙　那些山野

留情又无情

尽管

无情会收回有情

河流会收回冰川

冰川会收回山麓

山麓会收回种子

种子会收回万物和光

光会收回时间

时间会收回爱

爱会收回上帝

……

但春天

我听见收音机里传来的鸟叫声

每当下午三点它们就叫

这个春天像是鸟儿们孵化出的

四周万物都是它们的收音机

关于战争？关于爱情？关于疫情？

  关于旅行？关于信仰？关于争吵？

  关于和解与美食？

终于分辨出一只鸟对另一只鸟叫的意图
原来它们急切的叫声很简单
说了一万遍还在说:
"我爱你,我爱你,我爱你"
下午三点昏昏欲睡
为何在我昏昏欲睡时
春天显得生机勃勃?

            2018年12月

我的拳能打死一只无辜的昆虫

初冬
我与一只苍蝇一起晒太阳
我在练太极拳
它落在一块太阳伞上

它像是已经清洗了夏天的罪恶
这会儿正襟危趴　一身干净
我拍死了它

冬天结束了

2021 年 11 月

月色是李白面孔

他是被月色用过的乡土
今夜等不等到月亮
都要赞赏花好月圆
也接受　平凡的佛光

被风吹瘦

月色是李白面孔
在皇帝和平民入睡时
把灵光献上
在江山的呼吸中
诗歌变作月光　把家园　变作诗园

月色是李白面孔
吟诵："峨眉山月半轮秋，影入平羌江水流。"
吟诵："明月出天山，苍茫云海间。"
吟诵："人攀明月不可得，月行却与人相随……今人不
　　　见古时月，今月曾经照古人。古人今人若流水"

与床前明月光　与地上霜
　　　与举杯邀明月　与采石矶上没有扶
　　住李白的一丝月柳
与桂湖月色中一只静静凫水的小鸭子
与碎叶城里一个货郎

与今古你我的流水
一起阅读这个老乡的留言
　　　今夜有无月亮都在阅读

从西部来　我暗下称他"西部诗人"
当然有点小肚鸡肠
长安城内"谪仙人"
　　　当年不满皇上加冕"胡风"第一人
　　　也曾负气出走

我和山川月色一起读懂
　　　他的虚荣像婴儿那般透明
性情像浮萍那样
　　　隐忍岁月无望的浩淼烟波

从西部来

驻在桂湖旁边

在成都的西北偏北角

  今夜为远方的亲人和指尖上的友人

吟诵他的诗篇

一起凝望他从这里直下长江

壮写的一封家书

一千五百年啦

背影　还是皇帝情怀

然而

在我的李白书案旁

李白不再是月色面孔

更非皇上贡品

他是厨师和邻居

……

2016 年 9 月

成都三章

问薛涛

春江河开
秀才东逝
望江楼边泊薛涛

送过白居易　送杜牧
送过刘禹锡　送张籍
唯与元稹"偿元气"
良宵还在崇丽阁

成都城内有几人？
长情只识短"薛笺"
"我欲乘风来纵酒"

宽窄巷子

你是两行不对称的眉毛

像挑担的樵夫

眉头一高一低　一上一下

走街串巷卸去艰辛

走成宽窄路

喜悦时宽　窄里乐

忧郁时窄　宽起走

生活的印章

善于把繁华盖上

公章

把艰辛盖上

私章

好在公私都有烟火气

便有这难得糊涂的街景

打过的柴立在当街

便是锦门

行过的船不再靠岸

就是市井

我们看清

巴山蜀水

就是宽窄巷子

我们是柴烟

……

太古里

如果想发疯
来太古里
如果想沉浸
来太古里
如果有钱
来太古里
如果没钱
也来太古里

结婚的时候
它像婚床
离婚的时候
它像
冷兵器

这行走的钻石
刺透你的左眼
温暖你的右眼
穷人　富人

在这里都是　奢侈品

只需要一身装束
你就能把自己的灵魂　撑开
变成"放射性物质"
没人躲你

一个人　一生
没来太古里
老了　拿什么下酒?

2017年10月

母亲的日子

一个清晨
我穿过露水的悬念
追寻母亲昨晚讲的故事
她该有个结局
我好像放在哪儿了?

天空伺候着露水的光
我来到母亲陈尸的地方
我好像六月才把母亲送到这里
可这儿已成焦土
这个时间如同猫的明眸一闪
这个时间我种过一片高粱
却长出了伊宁苜蓿

我以为年景有望
回头招呼"妈妈"
她的结局我早就搁在伊犁这个地方
她会在哪里?

在那里

一滴露水把院色识别

在那间蓝色的马厩后面

我听见了她转世的脚步

我问驭夫：我的母亲？我的故事呢？

"咔嚓！"

驭夫答曰：榫眼已接好

1994年4月

一首诗给妈妈

我想知道我的袜子是谁
这黑夜我认识吗
妈妈黑夜给我缝制的衣服
我把它捎回长夜

因为夜
还有很多补丁没被缝上
家还如四面过风的巢

路　是一条蚯蚓
它累了
多余的脚　跪下脱去喜悦的泥泞

在夜里
妈妈起来照镜子　她的脸像一个鸟窝
从青丝到白发
妈妈到头来还像一处　一塌糊涂的鸟巢
从夜里飞出的鸟　从黑夜冲进泥泞的丛林

够到跪着的黎明

变作大雪

大雪驻进林子里

青春好似盛开的笼子

却无青鸟儿飞出

苦寒

如同窗纸

一捅就破

今晨的棉花　只为遗忘缝一件衣裳

为什么　花开了春天没有到

为什么　这身跪着的衣装就是整个上装？

大雪不是白的吗

我和你的洁白怎么没人认领？

我洗净丢掉的袜子

不祈求白色或者红色当作现世补丁

既然妈妈已经习惯　在黑夜缝制一件衣裳

这夜的针线包　就是她的归巢

　　　　　　　　　　　　　　　　2003年4月

会见大海（组诗）

海　峡

不再辽阔　那艘船
在清晨抵达海峡
暗红的鱼腥把灯塔叫醒
前一天的深海在网中休息
鱼儿们在甲板活蹦乱跳讨论往生的可能

十二月的浅海听不见做爱的潮声
渔季让海峡成为短暂的子宫
海潮虽然尽情摩擦　往生却已无伤痛的快感

灯塔熄灭　海峡变窄
批发商和鱼翅拥挤在岸边
　　　泥泞的贼鸥在码头鸣叫
我们的兄弟
和他们捕获到的鱼儿在缓缓通过
这子宫受罪不言　驳船和拖船发出的呜咽声

竟奏出海峡美妙的乐章

清晨
把死亡和新生都提到微信和支付宝的议事日程上
我们靠海生活
撒网的日子　不觉得大海已对余生下网
大地的区块链　我们亲手编织的网格
正扼住海峡和婴儿的啼哭

我们的日子已是海峡

"突突突"驳船声收走了忧伤
留下清欢　给后面的岁月
赊账

穿过红树林
走上海湾
它像是要对陆地收网了

码　头

我在码头上溜达

晚到的舢板颠簸而来

它多像我昨晚拖过的拖鞋

在咸水面上浪荡

四周都有约会的腥味

海 鸥

我确信它不会伤害这片宁静的海域
和自己的羽毛

确信这个正午
由它拨动的大海时针
把湾流和往事静放在海滩
　　（儿时撒过尿那么大块地方）

留下晌午的回声
（妈妈的呼唤）

我确信我也有过羽翼
海风掉下的云朵
已是捎给远方草原的书信

在时光中
它和我一样
梳理白发与梳理羽翅同心

这可能是大海的信使

一人独坐　鸥声阵阵

令我漫天顾念

岁月旧址

邮箱变更多次了

一只清风中疾驰的白鸥

亦是白色信封

陪我渡过十二月的海洋

阅读愧疚的自信

曾经糊涂的过往

　　和羽毛一样凌乱而结实

我无悔

白发还是羽毛

自由在蓝天上展示的海鸥

我是它的羽生　一件陌生来信

随风而来

1

大海这羊水放生过无数高贵和卑微的生命
其中也有我的祖先
——札记

选择一个夜晚会见大海
是因为大海太大　只敢窥视黑暗一角
便能感到强大海潮把星球撼动
此刻　威风呼吸连接到海岸
夜的洋流　把村落和城市的脐带剪断
接我回到羊水部落

我就在这时回到祖宗怀抱

企沙又涨潮了
在黑暗中感受星球的另一面

仿佛捡起地上温暖的雾

那好像是塞菲里斯刚刚丢弃的烟蒂
他的母亲也用它温暖过诗歌和希腊的神
它问我来自何方
我说从北部湾到爱琴海

还有我的另一面　草根和大地
狂放与感恩
在一支香烟中会面
夜的海

2

选择一个白昼会见大海
大海的温馨已装进褶皱的香烟盒里
没有高贵
太阳过滤掉海的羞涩
礁石坐拥洋流向莽撞的候鸟献上波浪沙发
大海已是会客厅　那上面　我焦虑的烟火
正被鹭鸟驱散

长途旅行的鹭鸟一家
要把后代带到更南方的三沙
它让我晓得　在钢筋水泥中添丁生子
也能生下自由后代

我们都已完成抚育后代的任务
我们刻意回避白昼
　　是因为白色让万物存在自由的会客厅
白色了无　来去无位

配得上一只披荆斩棘的鸟　把白色鸟粪撒在白浪海滩

配得上一首无病呻吟的诗
　　　在美好的日子无病呻吟
哪怕是白痴完成　傻瓜朗诵

……我们都已完成抚育星球的任务
生来过往不用太多彩色宣示

白色正好

3

空白的海天

空白的山麓与原野

空白的蓝

空白的深情

证明我们空白过

这还有点旷世的君子之交

把天真的爱传给后代

不背叛这星球上唯一的哲学家和自慰者

4

剩下来
选择一个黄昏会见大海
我无知　黄昏是大海的寝室
　　要借助河流挽住多情大地
贸然坐上北仑河口　掏出一首诗：
没有谁配得上做海的情人
　　海浪涌动　大海自慰

大海欣喜
召唤来它的仆人　白鹭和红树林
忠实的仆人
　　把我的写作间装点成衣帽间

我真是有点受宠若惊
它们那一身白和绿
瞬间像仆人垂立身旁
平凡的我未曾察觉
我的神情像极了仆人人生第一次
　　享受仆人服务时的神情

那表情从黄昏到黎明　从未离开过北仑河口

在这里大海紧握我的手　在这里
　　北仑河长臂将浪子深情揽进大海
"面朝大海春暖花开"　想起这句诗我热泪盈眶
一个人的大海　只有黄昏时

一个人的大海

5

我知道我与一同老去的伙伴寻找入海口
是时候寻找另一个黎明了？

海潮涌动　犹豫不决
所有问询都是借口

大海把陆地甩上星空
过往时光　皆是繁星点点
不问多余黎明
……
有时　我来了　黑暗一角
　　就是大海的全貌
有时　我走了　狂躁的台风
　　却是它全部的温柔

2020年2月

我与绿军装（组诗）

我与绿军装

我已经退役多年
夜里做梦　还常梦见休假超时
　　电报催我马上归队！

一个没有经历战争的上尉
脱下军装　算了转业费
　　成为一介平民　很快
但是　几十年过去　那笔费用
没有花完过
在夜里　它去购置军装
置办军魂
我退役的时间就很漫长……
人生的事
就好像做了一件军装

我与绿军装结缘　是在军校

我与绿军装难舍　是在西藏阿里高原
正是这生命禁区
给了我一个高尚的心脏
高贵的兵营　完美的心灵学校
就在　冈仁波齐[1]山下

是的，我就在这所"学校"又脱下军装
此后几十年　一个带兵的连长
在神山中穿行
人生路　不过是从营房到哨所那么长

烦恼也从不会超过七尺钢枪　是的
这个说法有点矫情
在看重权贵的日子
一个从生死线上巡逻归来的家伙
天知道　还在乎啥呢？
　　这就是一个兵各色的原因吧

1　神山，在西藏阿里普兰境内。

阿里遗书

这是一段刻骨铭心的记忆
请让我把它描述

在高原千里运输线上
当汽车抛锚　被暴风雪围困
我写过遗书
因为　不晓得明天清晨　肉体是在兵站里
还是恶狼肚子里

在阿克赛钦的巡逻路上断粮
我写下遗书
尖锐的石头　不会成为面包
十万大山　却很容易成为我们的　坟冢

在平凡的执勤中
我写过遗书
因为我得了感冒
明天来不及给妈妈道别
就要被肺水肿夺去生命

在争议区

我碰见雷区

不管是哪方埋的

我们都写下遗书

炸弹不会算命

不管是十八岁　还是三十八岁

它都会以批发的形式　收走生命

零售的那个是倒霉蛋

在战事突然而至时

我已来不及写遗书了！

但是　我们早已写好了这些东西

在生命禁区

　　我们每天都在"书写"遗书

向国家交代忠诚　向家庭交代后事

　　向自己交代光荣

没人知道阿里高原军人

　　每日都在思考"西藏生死书"

但我们绝对相信祖国母亲知道

我们这一切的秘密

而当我们写好了遗书

它也就不是祖国的秘密

在随时会丢掉性命的禁区

我默默地捡回生命　放上一点尊严

常常追忆不毛之地上的人生

此生不会再有

这天赐的遗章　应该是冈仁波齐写的吧

学生兵

我请假说去医院看生病的妈妈
但实际上
  我去看红十月广场的女兵滑旱冰
据说来了一队会滑旱冰的女兵
她们正步也踢得很好

当我想着为国捐躯
她们已经嫁人

我迷恋《山本五十六》《巴顿将军》
  《中途岛之战》……
这些教学片
让我梦想成为将军

我总是在女人和将军之间徘徊
哪个对我影响很大　不知道未来

现在　我提着菜篮　是一老头儿
  什么愿景也未实现

如果我踢着正步走过菜市场

人们一定会感到惊讶

军　校

1

来的时候　是一个平民
一个毛头小伙　大大咧咧
出去的时候
手里攥着派遣费　舍不得花
这是军费

在没有战争硝烟的时候
我已懂得
走出军校大门　生命就是军费
要算计进入冲击出发阵地后
哲学和政治哪个是算命先生

在没有战死前
我要把派遣费留给妈妈
让她为我买一枚纽扣
　　　把我和绿军装系得紧紧
既然绿色陪我一生

我要把我的故事和梦都在行军的序列中描述

让他们也成为一个新兵的军属

这　显然不可能

是因为有了军营的情结

从此我的命都设置成正步的节奏

2

走出军校

再未见到人间熔炉

因为这里　把我年轻的梦

年轻的柔情　一夜之间　锻造成了军费

我带着这样的"金属"

接受生活的磨损

喜怒哀乐　成功和挫折

3

军校　是无星上将
佩戴在我灵魂深处
恪守我们特有的人道主义

如果非要问我军校是什么？
我会回答：
它是教人杀戮　又教人爱好和平的
　　一个闹市中
平凡　但充满荷尔蒙的地方

关于军人

1. 枪

一支钢枪
不能完成一场战争

一把枪
却能挑起仇恨

在没有战争借口的时候
军人不是国民的口水
是杀戮和征服的牙齿

血和国界
只选择一样
就可以撕咬开战

这枪口　它闲着
是上帝的口腔

如果它要忙

正义的口水也会变成邪恶的鲜血

枪

唯一享受　和痛苦的是

第一滴血和最后一滴血

是从谁的枪膛中喷出

伙计　看好手中的枪吧

别因为快意情仇、思想膨胀

随意开枪

射杀上帝的宽容

2. 战壕

战败　它是军人墓地
战胜　是纪念碑
都是墓地

对于和平而言　军人是战壕
对于战壕而言　军人是和平
深浅如同百年情怀

百年前的战壕两米深
百年后战壕也是两米
这是令人类疯狂的"国界"
只有两米的情怀

过去的战争是民族、宗教和领土纷争
现在　一条细细的红线穿过战壕
划分出文明和价值观的新国界
这是进化了的战争

但战壕依然是墓地

母亲的泪　填满战壕
直至变成鲜血的问题

3. 战友

冲锋　可以把后背留给你
撤退　把命留给你
这不是作战遗书上的事
这是一生的遗书

在我们还活着时
一直存在　喋喋不休
关于战友
关于战友情
没啥子好交代的
端起酒杯　却还想再写几句进去

这就是我眼里的战友　不二选择

2022 年 8 月

后　记

我 20 岁时预想 30 岁时在文学创作上要获得个世界级大奖，而今我 60 多岁了出了第一本诗集。这是文学对我的嘲弄（当然我主要从事影视创作）。

这也是时间对文学的褒奖。这么多年过去，我依然热爱着它，这说明文学在我的岁月舞台上一直是主角，我是它的门生。站在文学的门边，我理解了一些人生或者人生理解了一些我，作为最不被看见的一个角落，我始终身感被关爱和挑剔。文学是镜子，是光。

最起码，在我们纠缠的这些年，我们互为镜子，照见了彼此的爱与思考。这或许是文学而不是微信存在的意义。我们每个人对这个世界有个互通的缺口，有的人用金钱描述它，有的人用权力描述，有的人用哲学和神学描述，有的人或者大部分人成为被别人肆意横行的"缺口"

而浑然不知，而文学艺术就在充当启发人们发现这个通道的镜子。为愚者照路，为智者卸负。

镜子没有光漆黑一片，什么也看不见，读者和欣赏你的人是这光。殷实和杨子两位友人给我带来了光，他们不辞辛苦为我作序，言辞真切，思想惠人，伸手帮扶我一把。沈苇和温亚军，两位鲁迅文学奖获得者提笔荐言，叫我深受感动，如沐春光！我的战友，做实业的铁静先生听闻我要出诗集，慷慨施以援手，使我的文字时光此刻少忧并璀璨起来。感谢感恩战友和朋友们！另，在介绍和推广本人拙作上"现代最诗刊"公众号助我颇多，还有出版社领导和编辑为此书出版付出的心血，这里一并谢了！

一册薄薄诗集，非我文学创作全部，但它是值得纪念的这一束光，希望能照亮一些地方，期待您拨冗一读。

伊　牙

2025年2月于成都